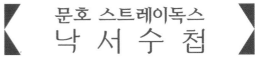

문호 스트레이독스
낙 서 수 첩

하루카와 산고 　 원작=아사기리 카프카

Contents

Comics & Novels

YoungAce & Others

Graffiti

Character Rough Sketch

Special

Afterword

'하고 싶은 대로 해도 됩니다'라는 말을 듣고
별생각 없이 '즐거움'을 가장 우선적으로 고려해
활기찬 느낌으로 그려 보았습니다.

그래도 색 조합은 조금 복고 분위기를 살려
문호 스트레이독스 같은 느낌을 남기자……
해서 이렇게 되었는데,
다행히 이 책의 커버로서 역할을 완수한
한 장이 되지 않았나 하는 생각이 듭니다.

2016●문호 스트레이독스 낙서 수첩●커버

지금 와서 보니 너무 그리운 1권의 커버입니다.

처음에는 커버답게 아쓰시가 혼자 나오거나 다자이와 함께 나오는
투숏을 그리려고 했는데, 좀처럼 OK 사인을 받아내지 못하다가,
'역시 산고 씨는 단체 그림 쪽이 더 좋습니다'라는 말을 듣고
이렇게 그렸더니, 곧장 통과가 되었던 기억이 납니다.

2013년 ● 코믹스 1권 ● 커버

기본적으로 저는 색칠을 껄끄러워하는 편이기 때문에
이런 타입의 그림이 제일 '저답다'는 생각이 듭니다.

2013년●코믹스 1권●목차

구니키다는 이걸 촬영하는 날,
긴장해서 별로 잠을 자지 못한 것으로 해 두죠.
그런 걸로 해 주세요. 배지의 위치 이야기입니다.

2013년●코믹스 1권●권두 컬러

교카가 동료처럼 보이면 안 되기 때문에
탐정사 멤버와 차별화를 해야 하는데,
그런 부분이 어려웠던 기억이 납니다.

2013년●코믹스 2권●커버

1권의 목차와 짝이 되도록 의식해서 그렸습니다.

2013년●코믹스 2권●목차

아마 아사기리 씨가 키를 정할 때,
가장 많이 참고한 것은
이 일러스트가 아닐까 하고 생각합니다.

2013년 ● 코믹스 2권 ● 권두, 컬러

어쩌면 제가 가장 마음에 들어 하는
색칠이 이번 권일 수도 있습니다.

쉽게 질리는 성격이라 '칠하는 법이 바뀐 건가?' 하는 말을
자주 듣기 때문에, 그런 것은 약간 반성할 점이라고 생각합니다.
무엇보다 앞서 말씀드린 것처럼 색칠을 껄끄러워하기 때문에
매번 '어떻게 색을 칠했더라?' 하고 기억을 떠올리는 것부터
시작하고 있습니다.

2013년 ● 코믹스 3권 ● 커버

지금 와서 생각해 보면 이 세 사람이 동시에 같이 있는
경우는 별로 없지 않나? 하는 생각이 듭니다.
어떤가요?

역시 단체 그림을 그리는 것을 가장 좋아하기 때문에
큰 그림을 그려 주세요 하는 말을 들으면 아무래도
사람이 많은 그림을 그릴 때가 많습니다.

2013년●코믹스 3권●권두 컬러

무거운 분위기의 커버가 계속되기 십상이기 때문에, 이렇게 밝은
구도의 커버는 참 귀하다는 생각이 듭니다.
겐지의 파워일까요?

2014년●코믹스 4권●커버

이 즈음부터는 긴이 여성이라는 사실을
더 이상 숨기지 않고 그렸습니다.
밝혀졌을 때 '확실히 여자아이 같은 외모구나'
하고 생각하실 수 있도록 준비하자고
스스로 결정했었던 것 같습니다.

그런 의식이 드러났기 때문인지,
얼굴이 첫 등장 때와는 꽤 많이 바뀌었네요.

2014년●코믹스 4권●목차

'뒤쪽 두 사람은 한 단 높은 곳에
서 있다고 생각해 주세요
역시 너무 크게 그렸네요······.'
하고 말하며 제출했던 기억이 납니다.
2014년●코믹스 4권●권두 컬러

실루엣을 쭉 늘어놓아 보자는 착상은
사실 '학교에서 있었던 무서운 이야기'라는
게임의 로고 타이틀을 보고 얻은 것입니다.
좋아합니다.

2014년●코믹스 5권●커버

길드에서 두 사람, 이라는 말을 듣고 이쪽을 선택했습니다.
단, 항상 생각하는 거지만 단행본만 보시는 분의 경우,
목차에 갑자기 모르는 캐릭터가 나오면 아무래도 깜짝 놀라실 것 같습니다.

2014년●코믹스 5권●목차

색을 칠할 때 갈피를 못 잡았구나~.
지금 보니 그런 생각이 드는한 장입니다.
●2014년 ●코믹스 5권 ●권두 컬러

대체로 커버는 완성된 뒤에 잘 됐을까, 괜찮을까~
하는 걱정 탓에 항상 불안하지만
이건 솔직히 '굉장한 그림이야!'라고 생각했습니다.

2014년●코믹스 6권●커버

'탐정사 진영에서'라는 부탁을 받았지만,
호손 vs 아쿠타가와 전투가 곧 시작되기 때문에 이쪽이 더
흐름상 자연스럽지 않나 생각해 이 두 사람으로 결정했습니다.

2014년●코믹스 6권●목차

트웨인과 몽고메리가 손을 잡고 있는 이유는
둘 사이에 작은 에피소드가 있었기 때문입니다.
어째 트웨인, 멜빌은 정체가 공개되어 있지 않았기
때문에 한트라도 퇴길 바랐습니다.

트웨인이 들고 있는 와인의 브랜드가 '마크 트웨인'인데.
바깥 여백과 함께 딱 잘려서 거의 보이지 않았습니다.
결과적으로는 좋았으려나?

2014년●코믹스 6권●권두 컬러

이 커버를 그릴 때의 기억이 거의 없는 걸 보면
상당히 마감에 쫓겼던 것이 아닐까 생각합니다.

2015년●코믹스 7권●커버

안고는 다양한 매체에 얼굴을 드러내지만 메인 캐릭터는 아니다.
그러나 항상 중요한 역할이다……라는 좀 특수한 위치의 캐릭터입니다.
전 그런 걸 아주 좋아합니다.

인형의 목에 두른 것은
목에 두르는, 깁스이지,
머플러가 아닙니다.

2015년●코믹스 7권
●권두 컬러

처음에는 세 조직의 대립을 전면에 내세웠지만,
사람이 너무 많아져서 커버로 쓰긴 미묘했기 때문에
최종적으로는 탐정사 진영이 되었습니다.

2015년 ● 코믹스 8권 ● 커버

Q가 평소에 어떤 곳에 갇혀 있는지는 여러모로 수수께끼입니다.

2015년●코믹스 8권●목차

아쿠타가와를 찾아라 퀴즈를 냈던 한 장입니다.

아쿠타가와를 뻔히 보이게 그리면 영에이스 잡지에서는
전개에 대한 스포일러가 되어버리지만
8권의 전체적인 내용을 생각해 꼭 넣고 싶었기 때문에,
이런 형태가 되었습니다.

2015년 ● 코믹스 8권 ● 권두 컬러

여기까지 와서야 겨우
가장 커버다운 구도가
완성되었다고 생각합니다
한정판 쪽이 더 마음이 듭니다.

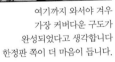
2015년 ●코믹스 9권 한정판●커버

2015년 ●코믹스 9권 ●커버

글자를 넣을 공간이 굉장히 좁아져서
디자이너가 상당히 고생을 하셨으리라 생각합니다.

2015년●코믹스 9권●목차

9권의 양면 컬러는
일찍부터 이런 구도로 그리려고
생각했기 때문에 별로 고민을
하지 않았던 듯합니다.
최종전다워지지 않았나 하는
생각이 듭니다.

2015년 ● 코믹스 9권 ● 권두 컬러

우는 얼굴이라 사실은
양손으로 얼굴을 가리고 싶었지만,
중심인물의 얼굴이 대부분 가려져 있어서야,
과연 커버로서 어떨까요?
그런 생각에 한쪽 눈만 숨겼는데
오른쪽 눈이 욱신거려서 손을 대고 있는 듯한
포즈가 되어 버렸습니다.

2016년 ● 코믹스 10권 ● 커버

얼굴을 일부러 숨기고 있는 구도를 꽤 좋아하는데,
일을 할 때에는 좀처럼 그릴 기회가 없습니다.
담당 편집자도 '목차이기 때문에 비로소 가능했던 한 장이네요' 하고 말했습니다.
마음에 듭니다.

2016년●코믹스 10권●목차

피츠를 넣을지 말지는
꽤 마지막에 아슬아슬할 때까지 고민을 했습니다.

단행본을 읽는 분에게 피츠의 복귀를 커버에서부터
스포일러하는 것은 너무 아깝다, 라는
담당 편집자의 말을 듣고 결과적으로는 코인을 넣어 가볍게
존재감을 남기는 형태가 되었습니다.

2016년●코믹스 11권●커버

얼굴을 일부러 숨긴 구도 시리즈가
계속되었습니다.

2016년●코믹스 11권●목차

이번 기회를 놓치면
여자아이만 등장하는 양면 컬러를
그릴 기회가 다시는 없을 것 같았습니다.
목차의 몽고메리 일러스트는
이쪽에 맞춰 수면과
꽃으로 통일하였습니다.

2016년●코믹스 11권●권두 컬러

제가 밝은 그림을 테마로
인물을 선택했다면 이렇게 고르지 않았을
가능성이 높았기 때문에 조금 신선했습니다.

2016년 ●문초 스트레이독스 공식 앤솔로지 ~려(麗)~ ●커버

조금 더 얼굴을 어리게 그려도 괜찮았을지도 모르겠네요.
2년 정도면 그렇게 큰 차이는 없으려나.

2014년●문호 스트레이독스 다자이 오사무의 입사 시험●커버

아무튼 간에 소설판의 일정은 항상 너무 타이트해서…….

이번 권은 삽화에 할애할 시간이 별로 없었기 때문에
죽을 것 같은 상태로 완성했던 기억이 납니다.

2014년●문호 스트레이독스 다자이 오사무의 입사 시험●권두 컬러

위쪽 책상은
아마 란포 자리일 겁니다.

2014년●문호 스트레이독스 다자이 오사무의 입사 시험●권두 컬러

러프 단계에서는 안고도 있었는데
조금 화면이 가득 차는 느낌이라 그쪽은 뺐습니다.
지금도 좀 아깝네요.

2014년●문호 스트레이독스 다자이 오사무와 암흑시대●커버

취재를 위해 바 루팡에는
담당자 여러분과 함께
다녀왔습니다.

바의 사장님에게
'그 유명한 문호인
다자이 오사무가
여길 왔다면서요?' 하고
묻는 손님이 몇 명이나
있었습니다.

매일 저 질문을 각각 다른
사람에게서 몇 번씩이나
받고 있겠지?
같은 말을 하면서
바라봤습니다.

2014년 ●
문호 스트레이독스 다자이
오사무와 암흑시대 ● 권두 컬러

'눈치챘지만 눈치채지 못한 척을 하는 행동'
이라는 지정을 받았던 듯합니다.

2014년●문호 스트레이독스 다자이 오사무와 암흑시대●권두 컬러

오다 사쿠의 검은 셔츠에 흰 스트라이프는 사실 아사기리 씨의 요망기도 했습니다.
서로 자각 없이 이런 겉모습이 되었는데,
결과적으로 나중에 다자이가 흉내 낸 듯한 디자인이 되었습니다.

2014년●문호 스트레이독스 다자이 오사무와 암흑시대●목차

처음에는 3화 정도의 단편을
수록한 책이 될 예정이었다고 들었는데,
만약 그랬다면 더 떠들썩
해졌을지도 모릅니다.

수취인을 사장님으로 해서 팬이 양갱을 보내 주셨습니다.
작은 감사를 담아 살짝 등장시켰는데
마음이 전달되었기를 바랍니다.
분명히 2년 연속으로 보내 주셨습니다. 정말 감사합니다.

2015년 ●문호 스트레이독스 탐정사 설립 비화● 권두 컬러

탐정사 회의에는 구니키다만 진지하게
참가할 것 같은데 결국 최종적으로는
다자이의 의견으로 결정된단 말이지.
그렇게 생각하니 재미있군요.

2015년●문호 스트레이독스 탐정사 설립 비화●권두 컬러

과거 편의 란포의 모습을 지정받았을 때
'멋진 선택이야!'라고
생각했습니다.

아쓰시가 실은 소설 첫 등장입니다.
그리고 다자이는 개근이네요.
열심히 일하네.

2016년●문호 스트레이독스 55Minutes●커버

비교적 최근에 그렸는데
별로 기억이 안 납니다.
아마 마감에 쫓겼겠지요.

2016년 ●
문호 스트레이독스 55Minutes ●
권두 컬러

보시다시피 여름 설정이기 때문에
'여름에도 아쿠타가와는 그 코트를 입나요?'
하고 소설 4권 회의를 할 때 물어보니
아마 더워도 참으면서 입고 있겠죠, 라는 이야기를 들었습니다.
아쿠타가와야 어쨌든 다른 사람들은 반팔을 입었어야 했네요.

2016년 ● 문호 스트레이독스 55Minutes ● 권두 컬러

H.G. 웰스가 여성이라서 깜짝 놀랐습니다.
스트레이트 롱헤어 여성이 별로 없어서
오히려 신선할지도 모르겠군요.

2016년●문호 스트레이독스 55Minutes●목차

맨 처음에는 안쪽 두 사람이 카메라가 아닌 다른 곳을 바라보길 원했는데
카메라를 보는 것처럼 부탁합니다, 라는
말을 들어서 시선의 방향성을 가지고 여러모로
대화를 나누었던 기억이 나는 한 장입니다.

2016년●문호 스트레이독스 외전 아야츠지 유키토 VS. 교고쿠 나츠히코●커버

다자이의 얼굴도 머리 모양도 전혀 다르네요.
그런 면도 포함해 딱 봐도 시작 전이란
느낌이 들어 감개무량한 한 장입니다.

2013년 ●영에이스 1월호●
새 연재 고지 일러스트

실은 이거 취소된 1권 커버에 색을 칠한 것으로,
'이쪽도 나름 괜찮아서 나중에
활용할 수 있을 듯하니까 색칠해 둬'라는
말을 듣고 색을 칠해 뒀는데,
결국 6화의 속표지로 사용을 할 수 있었습니다.

2013년●영에이스 6월호●6화 컬러

영에이스의 첫 표지 일러스트입니다.
잡지의 표지를 그리는 것은 굉장한 압박이 되기 때문에
움찔거리면서 그린 기억이 납니다.

2013년●영에이스 6월호●표지

복장을 어떻게 할까 하고
이것저것 고민을 할 때는 역시
여자아이일 때가 더 즐겁습니다.

2013년 ● 영에이스 9월호 ● 부록 포스터

아쓰시와 다자이로. 그런 지정이 있었는데도 불구하고
영에이스는 청년지인데
여자아이가 없어도 되나……
계속 걱정을 하면서 그렸습니다.

갈피를 못 잡고 있습니다.

2013년●영에이스 9월호●표지

문호와 관련된 가게나 식사를 소개하는 기사에
참가했을 때 그런 부록 일러스트입니다.

참고로 이 잡지에 게재된 만화 내용은
아사기리 씨 본인이 콘티까지 짜며 생각해 주셨기 때문에
안심하셔도 좋습니다.

2014년●chouchou ALiis vol.4●핀업

이때즈음부터
여자가 없어도 별로 위화감을
느끼지 않게 되었습니다.

2015년●영에이스 1월호●표지

서생 스타일입니다.

특수한 형태의 일러스트라
다른 곳에는 거의 사용하지 않았기 때문에
꽤 레어한 한 장일지도 모릅니다.

2015년●영에이스 10월호●부록 부채

아직도 아쓰시를 넣지 않아 죄송하다고
담당자가 사과하는 그런 그림입니다.

그건 그렇고 SD캐릭터 그림을
그린 적이 없어서
더 SD답게 등신(等身)의
비율을 줄여도 됐는데~ 하는
반성점이 눈에 띕니다.

2013년●단행본 3권 페어●SD일러스트

잡지 표지로 이런 부감 구도는 별로 사용하지 않기 때문에
조금 모험을 했다고 할 수 있는 한 장입니다.

영 에이스 4월호●표지

마음에 드는 한 장입니다.
신비한 트리오네요.

2015년●영에이스 10월호●표지

이런 돌발적인 일러스트에서는
어쩔 수 없긴 하지만
다자이의 4년 전 외모 이상으로
추야의 외모에 변화가 없어서
조금 모순이 되는 그림입니다.

4년 전을 작중 등에서 그릴 기회가 있으면
다시 디자인을 하고 싶습니다.

2016년●문호 스트레이독스
메탈 포토레이트(타이토)

2등신 SD캐릭터는…
어렵네요….

2015년 ● 문호 스트레이독스
하루카와 산고 일러스트 특별판 러버 스트랩(KADOKAWA)

애니메이션 쪽의 키비주얼이
이 일러스트에 맞추어
거의 비슷하게 연출해 주셔서
기뻤던 기억이 납니다.

2015년 ● 애니메이션 키비주얼

다양한 이야기를 조금씩
엿보는 그런 이미지로,
배경에는 창문을 늘어놓았습니다.

2016년 ●「문호 스트레이독스 x 카도카와 문고」 컬래버레이션 일러스트

뒤쪽 세 사람은 란포가
'눈사람에 어울리는 나뭇가지를 찾자'라고
말하자 겐지가 통나무를 그대로 가져온,
그런 상황입니다.

2016년●월간 뉴타입 4월호●부록 캘린더

대체로 러프화를 항상 두세 장 제출하는데
보통 잡지의 표지로는 잘 사용하지 않는 구도를
장난으로 섞으면 높은 확률로
그게 채용되어 당황스럽습니다.

보통 영에이스 표지의 인물 선정은
편집 쪽에서 하지만
이건 5월호 일러스트와 쌍을 이루도록
한꺼번에 그린 것입니다.

왜인지는 모르겠는데
이렇게 사람이 많은데도
하루 만에 다 그릴 수 있을 거라고
얕보며 일정을 계산한 결과
러프를 그린 날, 자신에게
엄청난 살의를 느꼈던 한 장입니다.

★2016년 ●월간 뉴타입 5월호 ●핀업

시간을 들여 색칠하자고 결정한 때에만
이렇게 색칠을 하지만
가장 좋아하는 방법이라 즐거웠습니다.

2016년 ●애니메이션 BD 연동 구입 특전 포스터

흑백으로만 얼마나 잘
그릴 수 있을까 노력해 보았지만
결국 색을 넣고 말았습니다.
어렵습니다.

2016년●영에이스 5월호●지면상의 통판 족자

의외로 이런 전통적 구도를
여태까지 그리지 않았습니다.
웬일로 심플하군요.

2016년●영에이스 11월호●표지

오늘 발매입니다.
잘 부탁 드립니다.

문호스트레이독스
소설판 3권

05.01

1월
10일

2015
5
5일

축하드립니다
5
5일
2015

2015
2.15 B.S.D

3월 1일

5월 2일

【나카지마 아쓰시】
아쓰시는 전체의 축이 된 캐릭터입니다.
아쓰시를 기준으로 주변 인물들을 만들었습니다.
누구와 같이 있어도 잘 어울리도록, 어떤 멤버의 중심에 있어도
균형을 잡아 줄 수 있는 흰색을 기조로 만들었습니다.
아주 각별한 한 명입니다.

하쿠노

미이

토
1(초안)

얼굴

눈

앞 뒤

【이즈미 쿄카】
'여성으로 하겠습니다'라고
했을 때는 역시 놀랐습니다만
기왕에 하는 거 철저하게 귀여운
모습으로 그려야 한다고
생각했습니다.

그야말로 '이 캐릭터가
호감 가게 생긴 캐릭터인가
아닌가에 따라 이 만화의
미래가 결정된다'
정도의 압박감을 받으며
한참을 고민했던 기억이 납니다.

결과적으로 남성 애니메이션
스태프들도 대체로 호평이었기 때문에
'잘 그렸다'라는 생각이
들어 마음이 편안합니다.

얼굴

톤
x

눈

뒤

고글 off

【나카하라 추야】
맨 처음에는 자신의 키보다 큰 검을
들고 있다는 설정이 있었기 때문에
그 여파로 이것저것 들고 있습니다.

'정말로 강한 사람은
맨손으로 싸우지 않아?' 라는
담당 편집자의 의견으로 체술을
메인으로 싸우는 캐릭터가
된 자초지종이 있습니다.
사실은 콘티 단계 때까지도
큰 검을 들고 있었습니다.

아사기리 씨와 담당자의
회의 과정에 맞춰 패턴이 몇 개나
등장했기 때문에 결과 이렇게
그림 장수가 많아졌습니다.
하지만 모두 눈매만큼은
나쁜 게 조금 재미있군요.

상의 없음

【모리 오가이】
당초 군복 지정이었지만
지위가 보스가 되기도 해서
회의 끝에 이것저것 많이 바꾸었습니다.

엘리스가 헐렁한 가운을 입고 있는 모습.
저는 꽤 마음에 들었기 때문에
언제 한번 입혀 보고 싶습니다.

【오다 사쿠노스케】
아무튼 간에 아직 소설이 미완성이었던 시기라
'오다 사쿠가 어떤 인물인지 모르겠다'는
이유로 갈피를 잡지 못한 모습이 고스란히 보입니다.

키는 오다 사쿠〉안고〉다자이 라고
원작 측에서 처음부터 키를 지정해 주었기 때문에
인상적이었습니다.
그 후에 다자이는 안고의 키를 추월합니다.
(이건 그냥 작화상 그렇게 보이는 게 좋겠다는
사정 때문이었는데, 그 사건 이후로 다자이가
급격하게 키가 컸다. 라든가였으면 조금 가슴이
먹먹할 테니 좋지 않았을까 생각합니다.)

사복+
내린 머리

선글라스를
쓴 ver

안
고

【루시 모드 몽고메리】
여성 캐릭터 중에서 가장 디자인이 마음에 듭니다.
'눈에는 다크서클이 있고 이에 교정기를 하고 있다'로,
상당히 강렬한 겉모습 지정이었기 때문에 크게
고민하지 않고 결정을 했던 듯합니다.
또 겐지의 모자를 쓰는 장면이 있기 때문에
모자가 빠지게 되었습니다.
앤은 전체적으로 인형다움이 중시되었기 때문에,
바늘, 실, 단추로 얼굴을 만들고 얼굴 주변은
재봉 도구를 모티브로 통일했습니다.
오른쪽 눈 아래 점 세 개는 시침바늘을
핀 쿠션에 한계까지 꽂은 상태입니다.
참고로 어깨에서 집이 튀어 나와 있는데,
그건 아사기리 씨의 아이디어입니다. 좋군요.

L. M.
몽고메리

F scott key Fitzgerald.
version 2

안은 전에 입던
셔츠
그대로입니다

빈민가
ver

John Steinbeck
Version 2

검은색을 더 많이

셔츠
지난번과
색이 다릅니다

Steinbeck

Love craft

Twain

Louisa May Alcott

Melville

Edgar Allan Poe.

첫 생일 축하 포스터를 화려하게
장식한 란포였습니다

2013년 ●에도가와 란포 생일 포스터

원래 서점에 놓아둘 그림으로 발주를
받은 것이라 저서가 늘어서 있는 것으로
본편과의 접점은 별로 없습니다.
2014●다자이 오사무 생일 포스터

【교고쿠 나츠히코】
분명히 '악역처럼 해 달라'고
지정을 받아 그린 기억이 납니다.
더 통통한 할아버지가 좋지 않았을까 하고
나중에 교고쿠 선생님이 말씀하신 것을 보고
그렇다면 고치게 해 달라고~!! 하고 생각했습니다.

【아야츠지 유키토】
일단 '아야츠지 선생님을
캐릭터화하게 되었습니다'라는
말을 처음 들었을 때의
그 충격으로 말할 것 같으면……
선생님이 얼마나 인품이 좋으신지
절절히 알 수 있었습니다.

【츠지무라 미즈키】
실은 그림을 그린 시점에는 '그림자 아이'
이능력에 관한 세부 설정이 정해지지
않았었기 때문에, 글을 읽으면서
그림에 맞춰 주신 건가? 하고
나중에 생각했습니다.
힘들게 해 드려 죄송합니다.

작은 츠지무라 씨가
귀여워서 마음에 듭니다.

【댄 브라운】
다빈치 코드 영화를 틀어 놓고
그린 기억이 납니다.
호손이 아직 존재하지 않았었기
때문에 능력의 비주얼이 그만
겹쳐 버렸습니다……

귀여운 여자아이를 그리지 못하는 벽에
딱 부딪혔을 때였습니다.
어렵습니다.

2013●페어용 일러스트

실은 어디서 어떻게 사용되었는지
잘 몰랐기 때문에…
보신 분도 얼마 안 되지 않을까요?

2015년(좌), 2016년(우)●페어용 일러스트

우연히 작가와 고양이가 찍힌 사진집을 가지고 있었기 때문에
그것을 참고하면서 그려 보았습니다.
시대를 넘어 어느 시대든 고양이를 좋아하는 작가분이 많군요.

2016●아시야 시 다니자키 준이치로 기념관 컬래버레이션 일러스트

황송한 것을 넘어서 '왜?' 하는 생각이 아직도 듭니다.
실은 안고의 첫 등장은 이 일러스트입니다.

2014●가나가와 근대 문학관 다자이 오사무전 컬래버레이션 일러스트

'만화와 가까운 일러스트로'라고 기념관 측에서 지정을
하였기 때문에 다른 곳과는 다르게 문호 스트레이독스의
색이 강해졌습니다.
양쪽 모두 18살 정도를 상정하고 그렸습니다.

2016●나카하라 추야 기념관 컬래버레이션

'치인의 사랑(痴人の愛)'에 나오는 나오미의 모델이 된 분이라
문호 스트레이독스의 다니자키와 나오미로 재현해 달라는
지정을 받고 그렸습니다.
신비한 느낌이 드는 한 장입니다.

2015년●가나가와 근대 문학관 다니자키 준이치로전 컬래버레이션 일러스트

원전은 그 유명한 사진입니다.
이 구도로 두 사람 모두 카메라를 바라보는 듯한
시선이면 조금 웃긴 느낌이라 이번엔 다른 곳을
보는 느낌으로 처리했습니다.

2016 ● 다바타 분시무라 기념관 콜래버레이션

계절에 맞춘 일러스트였던
것으로 기억합니다.

피안화는 별명이 매우 많은
매우 신기한 꽃입니다.

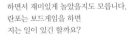

아마 벌칙 게임인가 뭔가입니다.
모두 쉬는 시간에 우노나 오셀로를
하면서 재미있게 놀았을지도 모릅니다.
란포는 보드게임을 하면
지는 일이 있긴 할까요?

틀림없이 발을 내디딘 곳이
낮은 걸 겁니다.
추야가 너무 작게 나왔습니다.

연재 개시 직전경
믿을 수 없게도 계단에서 떨어져
짧은 시간이었지만 목발을 하고 다녔습니다.
목발을 짚고 있으면 몇 미터 걸었을 뿐인데도
확 지치기 때문에 목발을 짚고 평범하게
돌아다니기는 절대 불가능하구나 하고
생각하면서 자주 짚고 있는 모습을 그립니다.

너무 황송해서 못합니다!
하고 실은 맨 처음에 사양을 했었습니다.
긴장하고 그린
기억이 절로 살아납니다.

2016년●GRANRODEO
「TRASH CANDY」 어나더 재킷

'옛 학생'인데도 꼭 차이나칼라랑
세일러복을 같이 입혀서 앉혀 놓고 싶네요.

목숨이 위험하다는 것을 알면서도
호랑이를 보면 폭신폭신하게
기대고 싶다는 생각을 하고 맙니다.

이 세 명은
서로 얼굴을 본 적이 있을까요?
신경 쓰이는군요.

캐릭터화한
문호들이
활약하는 만화입니다

작은 등신대 캐릭터를
움직이는 것은 굉장히 힘든데
카나이 선생님, 정말 대단하십니다…….

이 책의 제목을 정할 때, '화집(畵集)' 이라는 말을
별로 사용하고 싶지 않았습니다.
물론 일을 하면서 그린 그림이기 때문에
'낙서(落書き)' 라는 말도 별로 어울리지 않고요.
하지만 독자 여러분이 '다른 사람의 스케치북을
살짝 엿본다' 는 정도의 감각으로 봐 주셨으면
좋겠다~는 생각이 들더군요.

낙서(樂描)라는 단어는 '즐겁게(樂) 그리니까(描)
낙서(樂描)라고 하는 거야' 라는 옛날에 어딘가에서
들은 말이 마음에 들어 선택한 제목입니다.

여러분 즐겁게 보셨나요?
'즐거움(樂)'이 공유되었기를 간절히 바랍니다.

일본어는 이런 묘미가 있어 멋집니다.

문호 스트레이독스 낙서수첩

2017년 07월 10일 제1판 인쇄
2023년 09월 25일 제9쇄 발행

그림 하루카와 산고 | **원작** 아사기리 카프카

발행 영상출판미디어(주)
등록번호 제 2002-000003호
주소 07551 서울특별시 강서구 양천로 570 NH서울타워 19층
대표전화 02-2013-5665

ISBN 979-11-319-6106-3

BUNGO STRAY DOGS RAKUGAKI TECHO
ⒸKafka ASAGIRI 2016 ⒸSango HARUKAWA 2016
First published in Japan in 2016 by KADOKAWA CORPORATION, Tokyo.
Korean translation rights arranged with KADOKAWA CORPORATION.

구매 시 파손된 도서는 구매처에서 교환하실 수 있습니다.
기타 불편사항, 문의사항이 있으신 독자님께서는 노블엔진 홈페이지 [http://novelengine.com] 에서
Q&A 게시판을 이용해 주시기 바랍니다.

노블엔진(NOVEL ENGINE)은 영상출판미디어(주)의 라이트노벨 및 관련서적 브랜드입니다.